生流転

島村眞智子

生流転

はしがき

やまと歌は、人の心を種として、万の言の葉とぞ成れりける。世の中に在る人、事、業、繁きものなれば、心に思ふ事を、見るもの、聞くものに付けて、言ひ出せるなり。花に鳴く鶯、水に住む蛙の声を聴けば、生きとし生けるもの、いづれか、歌を詠まざりける。

『古今和歌集』仮名序　冒頭部分　『新日本文学大系』5

「生きとし生けるもの、いづれか、歌を詠まざりける」森羅万象のなかに息づく歌、すべての人の心に芽吹く歌。仮名序のやさしさ、あるがままの歌のすがたは、やまと歌がうたう、はるかに遠く、彷徨いつつも求めてやまない光のようにも、思われます。

蛙のひびき、鶯のさえずりから自らを省みると、ほんとうにうたっていいのだろうかと、ふと、声を呑んでしまいます。「人の心を種として」ああ、「見るもの、聞くものにつけて」そう、ありのままに「言ひ出せる」心のなかの思い、口をついて出る呟きを、少しずつ声にする、そして文字に書き留める。貫之の詞を繰り返し繰り返し、私の歌は生まれました。

私にとって歌はなぜか、春夏秋冬でした。それに学び、春からまとめようとすると、いつのまにか新旧暦が混交した季節感が入り乱れて現れ、困惑しました。散々困った揚句、今感じたままに、歌を連ねるしかないという諦めに至り、とりあえず済ませました。恋に至っては、今の世に生きる私には、とても遠く手に負えないもののようにしか感じられず、人と替えさせいただき、半生に出会った人々への思いの少しをふり返りました。私にはそれが恋のようにも思えるのです。そのなか、母・まくろは重いものがあって、別にしました。産み育ててくださった存在と兎と、それぞれって、自分でもどうしようかなと、ぼんやりしました。私にはワンコとニャンコと自分が、あまり違っているようにも思えない潜在意識が時々、むくりと頭をもたげる時があります。で、そのままにしました。旅は難しくいうと羇旅ですが、時々出かけた旅には、そぐわない気がします。

月は、どこにいても誰とみても同じ形をしています。私は月を時空を想う身近な美しい存在として、心の支えにしています。能も、私にとって半生とともにあって、心の支えになってくれた存在です。連ねてみると多くあって驚きました。私なりの受け止めで記した歌は、七百年も継承された伝統芸能の深い歴史からは、浅はかとしか言えない歌です。どうかお許しください。

新コロナの蔓延に背を押され、この歌集を編みました。生と死との境を日に日に遷る先の見えない世に、なぜか歌を思いました。拙い歌の数々をご寛恕いただければ、しあわせです。

令和二年　秋

目次

はしがき 3
春 9
夏 29
秋 45
冬 59
月 69

旅　77
人　95
母　125
まくろ　137
能　145
あとがき　175

挿画　山岸孝子・島村直紀・著者
装幀　滝口裕子

春

くひしんぼ睦月初空御代の春花びら梅花若菜鈴の緒

独楽遊び凧あげ羽根つき百人一首《ひゃくにんしゅ》赤いべべの子やんちゃんは何処

覗き目の中の小坊主当てて見なカゴメカゴメと囃す子らの輪

門前は Jingle Bell 済んで春の海寄る波引く波七福神

葱坊主天のクルスは遠《と》つ国の神の御標《しるし》さて初詣

伊勢明治住吉八坂天神さん出雲阿蘇さまみな人詣づ

その神はいづくより来りしか知らず土佐一宮《いちのみや》志那禰《しなね》さま

国稚く漂ふ土に萌え出る蘆の葉先に生《な》れる神はも

濃く薄く葦の芽さやぎ百鳥の囀り遊ぶ春は来にけり

如月は光の春と予報士の春一番を説く声弾む

すんすんと山吹の枝陽に伸びぬ栗梅色《くりうめいろ》の粒芽数多に

清水谷白子川添ひ稲荷山小笹に交じるカタクリ愛ほし

イヌシデの白き肌へに薄日射しカタクリ細き花弁を開く

湧水のせせらぎ清き水の辺に一人静の群れ咲き揺れる

やはらかき花房開き春風を迎ふるごとく青柳《あをやぎ》さやぐ

白梅《はくばい》を包みしだるる青柳《あをやぎ》の水影《みなかげ》慕ひ藪椿咲く

鴬の木《こ》つたふ姿ゆかしけれ早蕨萌ゆる武蔵野を行く

水温みキンクロハジロ去る空に初音微かに綿雲流る

踏み迷ふ花の裳裾にほの見ゆる佐保山姫の白き足指

花筏我も漂ひ行かまほし花くれなひに暮るる醍醐寺

花さそふ風の雲居に渡るらむ街路の隅に白きひら摘む

駒込の六地蔵坐《ま》す小さき寺染井吉野の咲き初む辺り

限りある命は今日か飛鳥山花の雲行く朧夜の月

大楠の背高き枝に若葉萌え花と群れ立つ王子の宮居

燃えるゴミビンカンシートベニヤ板酔ひ目を凝らし区分けする客

猿引は首輪の絆引き緩め子猿操る一輪車飛ぶ

朧月花に恋する春の日は明けずともよし暮れずともよし

清明の光は淡く水の面に若き芽延ぶる黒松の影

沼杉の円き葉先に風の立ちまぶしき春は今目覚めたり

浅緑《あさみどり》秘色《ひそく》鶸色《ひはいろ》青葡萄《あをぶだう》若菜《わかな》白緑《はくろく》黄《き》浅草山《あささうざん》

いつの間にいのみ寝《ぬ》る夢はなみずき匂へる朝は眩しくもあるか

中つ枝に花も若葉も置き忘れいづち去るらむせはしなき春

喧騒と車塵の中に咲き匂ふ筑波嶺うつきに春行かんとす

相模野に芽吹く早緑求めつつ友摘み取りし蕗味噌届く

オンライン兵馬俑ごと並ぶ顔飼ひ猫抱き初授業聴く

通学も通勤もなくスティ家《うち》オーバーワークラジオ三昧

真白なる難波こばらの蔦見上げコロナに逝きし魂偲ぶ春

郵 便 は が き

恐れ入りますが切手をお貼りください

101-0051

東京都千代田区
神田神保町一の三 冨山房ビル 七階

㈱冨山房インターナショナル
読者カード係 行

お 名 前	（　　　歳）男・女		
ご 住 所	〒 TEL：		
ご 職 業 又は学年		メール アドレス	
ご 購 入 書 店 名	都道 府県　　市 郡 区　　書店 ご購入月		

★ご記入いただいた個人情報は、小社の出版情報やお問い合わせの連絡などの目的以外には使用いたしません。

★ご感想を小社の広告物、ホームページなどに掲載させていただけますでしょうか?

【 可 ・ 不可 ・ 匿名なら可 】

書　名

本書をお読みになったご感想をお書きください。
すべての方にお返事をさしあげることはかないませんが、
著者と小社編集部で大切に読ませていただきます。

明治からの精神を未来へつなぐ

冨山房《ふざんぼう》インターナショナルの本

日野原重明先生の本

十歳のきみへ
—九十五歳のわたしから
人間・家族・平和の大切さを考える

本体 1,200円
ISBN978-4-902385-24-3

明日をつくる十歳のきみへ
—一〇三歳のわたしから
これからのきみたちの生き方を語る

本体 1,100円
ISBN978-4-905194-90-3

十代のきみたちへ
—ぜひ読んでほしい憲法の本
憲法は「いのちの泉」のようなもの

本体 1,100円
ISBN978-4-905194-73-6

To my 10-year-old friends
from a 95 -year-old me
世界中の人びとに届けたい

本体 1,200円
ISBN978-4-902385-88-5

To my young friends,
—Let's learn about the constitutions.
日本国憲法のよさを世界の人々へ

本体 1,200円
ISBN978-4-905194-91-0

働く。社会で羽ばたくあなたへ
学生にも大人にも発見があります

本体 1,300円
ISBN978-4-902385-87-8

日野原重明のリーダーシップ論
混迷の時代のリーダーを示す

本体 1,500円
ISBN978-4-86600-028-2

株式会社 冨山房《ふざんぼう》インターナショナル
〒101-0051 東京都千代田区神田神保町1-3
Tel : 03-3291-2578　Fax : 03-3219-4866／E-mail : info@fuzambo-intl.com
URL : www.fuzambo-intl.com

〔2019年9月現在〕

★本体価格で表示しています

掲載している書籍は、全国の書店にてお求めいただけます。掲載の書籍は出版物の一部です。書店に在庫のない場合や、直接販売（送料をご負担いただきます）につきましては、小社営業部へお問い合わせください。児童書のご案内は別にありますので、ご必要な方はお申し出ください。

『都鄙問答』と石門心学
―近世の市場経済と日本の経済学・経営学
由井常彦 著
日本的経営の諸原則は石田梅岩にある。
ISBN978-4-86600-060-2
2,400円

社会力の時代へ
―互恵的協働社会の再現に向けて
門脇厚司 著
危機的状況にある人類社会、今何が必要か。
ISBN978-4-86600-048-0
1,800円

死にゆく子どもを救え
途上国医療現場の日記
吉岡秀人 著
アジアで一万人を救った小児外科医の記録。
ISBN978-4-902385-74-8
1,300円

国境なき大陸 南極
きみに伝えたい地球を救うヒント
柴田鉄治 著
地球があぶない！ ただひとつの解決策とは！
ISBN978-4-902385-79-3
1,400円

人類新生・二十一世紀の哲学
人間革命と宗教革命
林 兼明 著
古語研究を基に多彩な思索で人類救済を説く。
ISBN978-4-9900727-3-5
3,000円

和の人間学
―東洋思想と日本の技術史から導く人格者の行動規範
吉田善一 著
社会や科学技術に役立つ日本的人間力を探究。
ISBN978-4-905194-67-5
1,800円

〔エッセイ〕

家事調停委員の回想
―漂流する家族に伴走して
中島信子 著
様々な事件に関わってきた著者による実話。
ISBN978-4-86600-035-0
1,800円

日本人の祈り こころの風景
中西 進 著
現代の世相を軸に、日本人の原点を探る。
ISBN978-4-905194-26-2
1,600円

私は二歳のおばあちゃん
アメリカ大学院留学レポート
湯川千恵子 著
還暦で米国留学！バイタリティあふれる奮闘記。
ISBN978-4-902385-43-4
1,600円

心に咲いた花 ―土佐からの手紙
大澤重人 著
第56回高知県出版文化賞受賞
高知県を題材として、人々の強さ、優しさ、苦しみ、悩みを生き生きと描いた人間ドラマ。
ISBN978-4-905194-12-5
1,800円

泣くのはあした ―従軍看護婦、九五歳の歩跡
大澤重人 著
看護婦として日本の旧陸軍と中国八路軍に従軍した一人の女性の波乱万丈の生涯を描く。
ISBN978-4-905194-95-8
1,800円

アフリカゾウから地球への伝言
中村千秋 著
三十年にわたる研究調査から学んだ地球の未来。
ISBN978-4-86600-011-4
1,800円

〔文学〕

吉田健一ふたたび
川本 直・樫原辰郎 編
気鋭の書き手たちが描く新しい吉田健一。
ISBN978-4-86600-057-2
2,500円

森の時間
前 登志夫 著
自然と人間の深奥を捉えた名篇、ここに甦る。
ISBN978-4-905194-69-9
1,800円

山紫水明綺譚 京洛の文学散歩
杉山二郎 著
江戸っ子学者による博覧強記の京都の話。
ISBN978-4-902385-93-9
2,400円

おなあちゃん ―三月十日を忘れない
多田乃なおこ 著
東京大空襲を生き延びた十四歳の少女の実話。
ISBN978-4-902385-69-4
1,400円

新版 ドイツ詩抄 珠玉の名詩一五〇撰
山口四郎 訳
音読にこだわったドイツ詩集の決定版。
ISBN978-4-902385-59-5
2,200円

ドナウ民話集
パウル・ツァウネルト 編 小谷裕幸 訳
ドナウ川流域で語られてきた話100編の初の邦訳。
ISBN978-4-86600-017-6
4,800円

中国雲南省少数民族民話選
木霊の精になったアシマ
張 麗花・高 明 編訳
中国雲南少数民族が語り継ぐ人間愛。
ISBN978-4-86600-066-4
2,800円

地名は警告する 日本の災害と地名
谷川健一 編
北海道から沖縄まで、各地の第一人者による災害地名探索。
ISBN978-4-905194-54-5
2,400円

東日本大震災詩歌集 悲しみの海
谷川健一・玉田尊英 編
深い悲しみときびしく辛い状況に向き合い、拭えない想いを紡いだ詩歌のアンソロジー。
ISBN978-4-905194-40-8
1,500円

津波のまちに生きて
川島秀一 著
気仙沼に生まれ育ち、被災した著者が、大災害の状況と三陸沿岸の生活文化を語る。
ISBN978-4-905194-34-7
1,800円

海と生きる作法 —漁師から学ぶ災害観
川島秀一 著
東日本大震災から六年、漁師にとっての「復興」は？ 漁師の自然観・災害観に学ぶ。
ISBN978-4-86600-025-1
1,800円

安さんのカツオ漁
川島秀一 著
一人の船頭の半生から見たカツオ一本釣り漁。土佐—三陸、震災からの復興を願う強い絆。
ISBN978-4-905194-85-9
1,800円

裸足の訪問 —石仏の源流を求めて
坂口和子 著
石の神や仏への想いの原点を探った旅の記録。
ISBN978-4-86600-068-8
1,800円

〔芸術〕

ドヴォルジャーク—その人と音楽・祖国
黒沼ユリ子 著
ドヴォルジャークの音楽と人間がよみがえる。
ISBN978-4-86600-051-0
2,800円

ヴァイオリンに生きる
石井髙 著
ヴァイオリン作り五十年の職人が修業時代からヴァイオリンの魅力まで存分に語る。
ISBN978-4-905194-96-5
1,800円

ヘンリック・ヴェニャフスキ
—ポーランドの天才バイオリニスト、作曲家
エドムンド・グラプコフスキ 著
足達和子 訳
一九世紀の天才演奏家・作曲家の波乱に満ちた生活と活動を浮きぼりにした初の評伝。
ISBN978-4-86600-013-8
1,800円

四季のふるさと うたのたより【新版】
—なつかしい童謡・唱歌・こころの歌とともに
望月平 編・文 近藤泉 絵
昭和世代に贈る珠玉のうたの絵本。楽譜付
ISBN978-4-86600-059-6
1,800円

あたしのまざあ・ぐうす
北原白秋 訳 ふくだじゅんこ 絵
北原白秋と注目の絵本作家ふくだじゅんこ—ふたりが織りなす、美しくも、摩訶不思議なまざあ・ぐうすの世界。
ISBN978-4-905194-10-1
1,800円

放浪の画家 ニコ・ピロスマニ
—永遠への憧憬、そして帰還
はらだたけひで 著
「百万本のバラ」で知られるグルジアの伝説の画家・ピロスマニの生涯。初めての評伝。
ISBN978-4-905194-14-9
2,200円

出雲大社
—中野晴生写真集
中野晴生 写真
壮大で美麗な写真で表した出雲大社の全体像。
ISBN978-4-86600-064-0
6,800円

雲岡石窟《うんこうせっくつ》—仏宇宙《ぶつうちゅう》
六田知弘 写真
《東山健吾 文 八木春生 解説》
中国三大石窟の一つ、雲岡。これまでほとんど紹介されなかった西方窟に、日本人写真家が初めて足を踏み入れた撮り下ろし作品。
ISBN978-4-902385-98-4
26,000円

曼荼羅と仏画に挑んだ
小倉尚人 永遠の求道
小倉幸夫 編
いまだ世に知られていない天才画家の作品と生涯。
ISBN978-4-86600-065-7
3,500円

谷川健一全集 全24巻

柳田国男、折口信夫と並ぶ民俗学の巨人・谷川健一。
古代・沖縄・地名から創作・短歌まで、幅広い文業を網羅。

各6,500円　揃156,000円
菊判　布表紙　貼函入り
月報「花礁」付き
セット ISBN978-4-905194-60-6

第一巻　古代一
白鳥伝説
ISBN978-4-902385-26-7

第二巻　古代二
大嘗祭の成立 他
ISBN978-4-902385-65-6

第三巻　古代三
古代史ノオト 他
ISBN978-4-902385-48-9

第四巻　古代四
神・人間・動物 他
ISBN978-4-902385-73-1

第五巻　沖縄一
南島文学発生論
ISBN978-4-902385-30-4

第六巻　沖縄二
孤島文化論（抄録）他
ISBN978-4-902385-45-8

第七巻　沖縄三
甦る海上の道 他
ISBN978-4-905194-39-2

第八巻　沖縄四
海の群星 他
ISBN978-4-902385-61-8

第九巻　民俗一
青銅の神の足跡 他
ISBN978-4-902385-40-3

第十巻　民俗二
女の風土記 他
ISBN978-4-902385-84-7

第十一巻　民俗三
わたしの民俗学 他
ISBN978-4-902385-68-7

第十二巻　民俗四
魔の系譜　常世論
ISBN978-4-902385-28-1

第十三巻　民俗五
民間信仰史研究序説 他
ISBN978-4-905194-25-5

第十四巻　地名一
日本の地名 他
ISBN978-4-902385-34-2

第十五巻　地名二
地名伝承を求めて 他
ISBN978-4-905194-17-0

第十六巻　地名三
列島縦断 地名逍遥
ISBN978-4-905194-31-6

第十七巻　短歌
谷川健一全歌集 他
ISBN978-4-902385-80-9

第十八巻　人物一
柳田国男
ISBN978-4-902385-89-2

第十九巻　人物二
独学のすすめ　折口信夫 他
ISBN978-4-902385-54-0

第二十巻　創作
最後の攘夷党 他
ISBN978-4-902385-94-6

第二十一巻　古代・人物補遺
四天王寺の鷹　人物論
ISBN978-4-905194-08-8

第二十二巻　評論一
常民への照射（抄録）
評論 講演
ISBN978-4-905194-05-7

第二十三巻　評論二
失われた日本を求めて 他
ISBN978-4-905194-49-1

第二十四巻　総索引
総索引　年譜　収録作品一覧
ISBN978-4-905194-52-1

ミッチーのことばあそび
ひらひらきらり 新版
オノマトペ ー英語の世界

はせ みつこ　作
中畝 治子　絵

絵がきこえてくる、声にしたくなる、オノマトペの世界。おとなも子どもも楽しめる一冊。

ISBN978-4-905194-75-0　2,300円

ゲルニカ
ーピカソ、故国への愛

アラン・セール　文・図版構成
松島 京子　訳

ゲルニカはなぜ描かれたのか、何を語っているのか。幼少期の生活や絵から、ゲルニカの制作過程までをたどり、その魅力に迫る。

ISBN978-4-905194-32-3　2,800円

〔自然科学〕

サイエンスカフェにようこそ！ 科学と社会が出会う場所 1・2・3・4・5
室伏 きみ子　滝澤 公子　編著

共催日本学術会議。談話室で市民と科学者がコーヒーを片手に交流。

1巻1,400円　2巻1,800円　3巻1,600円　4巻1,800円　5巻1,800円

1巻 ISBN978-4-902385-77-9
2巻 ISBN978-4-905194-02-6
3巻 ISBN978-4-905194-24-8
4巻 ISBN978-4-905194-64-4
5巻 ISBN978-4-905194-71-2

サイエンスカフェにようこそ！ —地震・津波・原発事故・放射線—
滝澤 公子　室伏 きみ子　編著

放射線の健康への影響や、地震が起こる仕組みを正しく理解し判断するための手引書。

ISBN978-4-905194-35-4
1,800円

生物はみなきょうだい
室伏 きみ子　文

いのちはどこからきたの？ ＤＮＡってなに？ いっしょにいのちの歴史をのぞいてみよう。

ISBN978-4-902385-46-5
1,500円

原発事故後の環境・エネルギー政策 —弛まざる構想とイノベーション
橘川武郎・植田和弘・藤江正嗣・佐々木聡　編著

今後のエネルギー政策をグローバルな視点で探る。

ISBN978-4-905194-37-8
1,500円

日本の沖積層　改訂版 —未来と過去を結ぶ最新の地層
遠藤 邦彦　著

…の地層の形成過程—災害や建築の基本図書。

ISBN978-4-86600-027-5
5,500円

…ショナル

…段

…物語。

…3,500円

…新版

…冨山房インターナショナル

…の礎を築いた著者

…自然の捉え方。

…5194-09-5
1,400円

…集物語
…美子　編

愛情あふれるたおやかなことばで語りかける、万葉の世界の物語。

ISBN978-4-902385-62-5
1,800円

新版　芭蕉絵物語
内野 三惠　著

旅に生きた松尾芭蕉の生涯をやわらかな目線で描く絵物語。

ISBN978-4-902385-82-3
1,500円

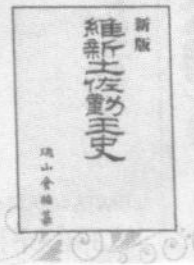

新版　維新土佐勤王史
瑞山會　編

武市瑞山と血盟を交わした維新史の証人達による第一級の記録集。

ISBN978-4-902385-09-0
27,000円

…訳

…00円

化学英語用例辞典（日本大学文理学部叢書）
田中 一範　飯田 隆　藤本 康雄　編

化学英語の論文を書くために必携の用例辞典。

ISBN978-4-905194-70-5
6,800円

〔健康・福祉〕

０歳からの体幹遊び
田中 日出男・根本 正雄　編

体幹は人の成長の基本。０歳からの遊びを紹介。

ISBN978-4-86600-070-1
2,000円

子育てに「もう遅い」はありません
内田 伸子　著

心と脳の科学からわかる子育てに大事なこと。

ISBN978-4-905194-77-4
1,200円

病気知らずの子育て —忘れられた育児の原点〔改訂版〕
西原 克成　著

あたりまえで、画期的な大切な育児法を公開。

ISBN978-4-86600-039-8
1,600円

わらべうたでゆったり子育て
相京 香代子　深美 馨里　著

情緒、ことば、運動、交流—魔法のうたの役割。

ISBN978-4-905194-68-2
1,200円

あかちゃんは口で考える
田賀 ミイ子　著

子育て中のママにおくる、健康を守る秘訣。

ISBN978-4-902385-49-6
1,300円

いのちのリスク —いのちの危険因子をみつめる
松原 純子　著

戦争・災害・放射線・化学物質・感染症・がん…。いのちを守るために身の周りの危険をみつめる。

ISBN978-4-86600-029-9
1,800円

子どもの心を読み解く 心色リーディング
ふじわら まりこ　著

話せないこと、言葉で表せないこと、悩んでいることを「色」はそっと教えてくれます。

ISBN978-4-86600-023-7
1,400円

全解　絵で読む古事記　全3巻
奈良 毅　監修／柿田 徹　絵

八百万の神々と生きている国、日本！

『古事記』を省略しないで全編をイラスト化。『古事記』のすべてがわかります。

〈上巻〉ISBN978-4-86600-030-5
〈中巻〉ISBN978-4-86600-031-2
〈下巻〉ISBN978-4-86600-032-9

〈上・下巻〉1,800円　〈中巻〉 2,200円

倭姫《やまとひめ》の命《みこと》さまの物語
三橋 健　監修／海部 やをとめ　著

倭姫の命さまが各地をご巡幸され、伊勢神宮をご創祀されるまでの物語。優美な大和絵十八点

ISBN978-4-86600-047-3
2,300円

《梅田 規子の本》

生きる力はどこから来るのか —若い人たちへ、この世は見えない力で動いている
この世を動かしているのは私達の心のあり方だともいえる。〈命のリズム〉シリーズ総集編

ISBN978-4-905194-81-1
1,400円

命のリズムは悠久のときを超えて
生物は太古からの記憶を体に刻み込んでいる。

ISBN978-4-905194-45-3
2,200円

心の源流を尋ねる —大気と水の戯れの果てに
命を支えている心とはどんなものなのか。

ISBN978-4-905194-19-4
2,200円

ことば、この不思議なもの —知と情のバランスを保つには
声ことばに込められた大切な意味を明かす。

ISBN978-4-905194-11-8
2,200円

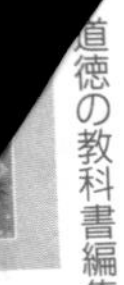

もうひとつの道徳の教科書
道徳の教科書編集委員会

古今東西の物語や詩などを読みながら、子どもたちの心をさらに豊かに。選び抜かれた作品が紹介されています。

ISBN978-4-86600-045-9
1,800円

…生命尊重の
…。

ISBN978-4-86600-056-5
3,800円

直系四代…

ジョン万次郎―日米両…
中濱 京 著
一七〇年前の出逢いは今も生きている。英訳付。
ISBN978-…

開拓鉄道に乗せたメッセージ
―鉄道院副総裁 長谷川謹介の生涯
中濱 武彦 著
明治期に日本と台湾に鉄道を敷いた技師の生涯。
ISBN978-4-86600-021-3
3,500円

ミャンマーからの声に導かれて
―泰緬鉄道建設に従事した父の生涯
松岡 素万子 著
ミャンマーの地に残された数万の兵を思う…。
ISBN978-4-86600-044-2
1,800円

小野梓―未完のプロジェクト
大日方 純夫 著
政党・大学・書店・執筆。明治初期の偉業を見直す。
ISBN978-4-86600-007-7
2,800円

国民リーダー 大隈重信
片岡 寛光 著
未発掘の資料を加え、大隈重信の人間像を描く。
ISBN978-4-902385-76-2
2,800円

保育者のた…
―保育に生かす すてきな…
荒井 洌 文／深井 せつ子 絵
世界中で愛されている名作のガイダンス。
ISBN…

〔民 俗〕

父を語る 柳田国男と南方熊楠
谷川 健一 編
巨人たちのユニークな素顔を親族が語る。
ISBN978-4-902385-90-8
2,200円

源泉の思考 谷川健一対談集
谷川 健一 編著
宮本常一、山折哲雄、白川静等、各分野の第一人者と著者が縦横に語り合う濃密な十四編。
ISBN978-4-902385-53-3
2,800円

魂の民俗学 谷川健一の思想
大江 修 編
谷川民俗学の根底に流れる思想を解いた対話。
ISBN978-4-902385-22-9
2,300円

ISBN978-4-…
9,500円

ISBN978-4-902385-83-0
2,000円

…明快に解く。
ISBN978-4-905194-99-6
3,800円

…究の新時代を拓く。
ISBN978-4-86600-037-4
6,800円

…もありま〔す〕
…まれた生涯を描く。
ISBN978-4-902385-19-9
1,600円

…水治…
…無比の才能を発揮した。
ISBN978-4-902385-27-4
2,500円

…世界
…学が遺したもの
…編著
…枠を超えた孤高の巨人を読み解く。
ISBN978-4-86600-018-3
2,800円

…人の魂のゆくえ
…本と琉球の死生観
…健一 著
…生と死は日本人にとってどのようなものであったのか。日本人の精神の基層を探る。
ISBN978-4-905194-38-5
2,400円

柳田民俗学存疑 稲作一元論批判
谷川 健一 著
柳田稲作一元論が、日本の農耕の歴史と文化の実態にそぐわないことを明らかにする。
ISBN978-4-905194-78-1
2,300円

蛇 不死と再生の民俗
谷川 健一 著
蛇、海蛇そして龍――。民俗学の現場に立って、蛇と日本人の深い交渉の謎を解き明かす。
ISBN978-4-905194-29-3
2,400円

露草の青 歌の小径
谷川 健一 著
日本人の最も伝統的で根源的な表現形式である短歌をめぐる歌論、歌人論、自撰歌集。
ISBN978-4-905194-63-7
3,600円

列島縦断 地名逍遥
谷川 健一 著
南島の珊瑚礁から流氷の海まで、自ら訪れ、地名に刻まれた「日本人の遺産」をたどる。
ISBN978-4-902385-91-5
5,600円

冨山房アーカイブス

冨山房は、明治19年（1886年）、高知県宿毛市出身の坂本嘉治馬によって神田神保町に創立されました。平成5年に設立された弊社では、新刊を出版する任と共に、創業者の精神と社会的使命を受け継ぐべく、戦前戦後に刊行された冨山房書籍のうち、皆様のご要望の多い本の復刻、新版の刊行を冨山房企畫とともに行っています。

國語讀本 尋常小學校用 3,600円
國語讀本 高等小學校用 4,600円
坪内 雄蔵 著 発行＝冨山房企畫 発売＝冨山房インターナショナル
ISBN978-4-905194-23-1
教科書の国語の原点を再現。

宮沢賢治 ―素顔のわが友（最新版）
佐藤 隆房 著 2,600円
ISBN978-4-905194-27-9
賢治の生きた姿を親友が描く。

イソップものがたり
楠山正雄 編 武井武雄 画 2,400円
ISBN978-4-905194-76-7

アンデルセン童話 おやゆび姫（最新版）
楠山正雄 編 初山 滋 画 2,400円
ISBN978-4-905194-93-4

神道の本義
J.W.T.メーソン 著 今岡 信一…
日本人に潜在する精神を解明…
ISBN978-4-86600-083-…

ギリシャ神話 新版
ジェームス・ボールドウィン 著 杉谷 代水 訳
ISBN978-4-905194-13-2
明治の文語体と現代文の組で描く、神々の壮大な…

植物生態美観
三好 學 著
日本の植物…による植物…

萬葉…

寛容を基盤にお…教育に関する研究
東風 安生 著
道徳教育の改革と生命尊重の教育の方向性を…

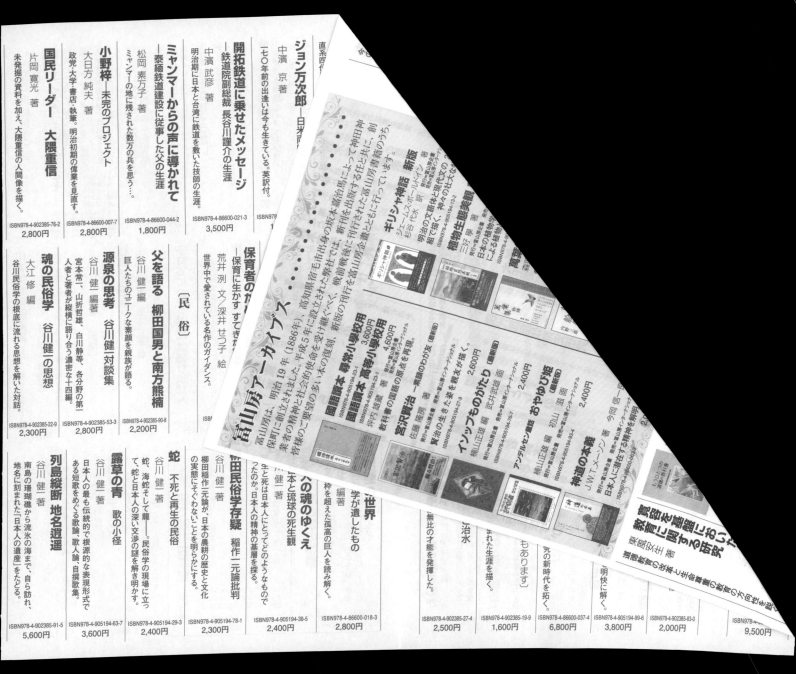

夏

かき氷卯の花揺れる坂道をプール帰りに友とサクサク

住吉の初の卯の日に木綿《いふ》を懸け白きうつぎの小枝《さえだ》捧ぐる

いにしへの花橘に通ひ来て皐月の雨に影遠く行く

夏つばき朝に開き夕に落つ霊鷲山に沙羅双樹散る

時の声いまは黄鐘遥かなる唐つ御国の真夏の響き

夏迎ふ得鳥羽月《えとりはのつき》慕はしき松に枝垂《しだ》るる藤の花房

遥かなる南の海を越え来り卯の時雨《ときあめ》に群れ飛ぶ燕

空は晴れ走り梅雨去る沼杉の水陽炎にアゲハ舞ひ立つ

姫蒲の穂先微かに茜さし半夏生の葉白み初むる夜

葦叢は背高くそよぎ池の面の見えずなりゆく夏とはなりぬ

夫慕《つま》ひ領巾振る松浦佐用姫のいにしへ遥かハンカチの木

大槌の仮設に配る手作りの新聞創刊六月晦日《みそか》

石神井は葉のみ茂れりせせらぎの松吹く風に夏を忘れぬ

星降る夜クローバねんね葉を蓉め合歓の木ねんね葉を閉じて

大きなる朝顔棚は紫苑色関東米菜《よめな》淡き梅鼠《うめねず》

夏たけて天の河原に君待てば水の星屑天上に満つ

かささぎの渡せる橋に流れ寄る短冊赤き子らの笹の葉

大阪の沖へと進む漁舟《いさりぶね》御輿清むる潮汲まんと

献燈の光に浮かぶ四本宮仰ぎつくぐる茅の輪かぐはし

大和川べラージャの声高らかに御輿は渡る堺御旅所

月光に誘われ集ふ盆踊り影揺れ廻る焦土の庭に

戦火消え七五年絶えざりし盆踊りの輪コロナは裁つや

黒き雨大雨外でも被爆者と七五年後地裁判決

追ひに追ひ馳せに馳せ行けど野の途は逃げ水揺らぎひたすら遠く

海原の遥けく澄める夕凪ぎに今日の日は落つ時を繰りつつ

ベニヤ板連ね貼りたる震洋は青き海行く御楯ならむと

我が命父母同胞《はらから》に奉げまつり回天沈む大海原に

特攻は軽き命かインパールは魂咽《たまむ》す道か夏は問ひ問ふ

秋

天高く馬肥ゆる秋知床の川にサケ獲《と》るヒグマも肥ゆる

秋ナスは嫁に食はすなお萩には漉しあん春の牡丹餅は粒

茄子紺の単衣のうなじさはやかに広き河原を歩み来る女《ひと》

秋津飛ぶ秋は来にけり銀翼の群れ率《ゐ》響《と》動《よ》もしコンバイン行く

蝉丸は琵琶を抱きて地に落ちぬ野風よ運べ逢坂山に

丘の辺の柘榴一輪柑子色夏零《こぼ》れ落つ秋の霖雨に

秋草の露の命を存らへる流離ひ女《ひと》と君は見るかな

秋好日形には添ひ歩み行く微けき影に一人我老ゆ

われ恋ふる忘れ草摘む栗色の髪浮き沈みいづち去るらむ

野がも鳴き渡る夜すがら栗を煮る嫗待つらむ帰らぬ父を

地震《なゐ》の日に津波残ししたまゆらの命燃え尽く野分の朝に

曼殊沙華裂ける大地に埋もれし人の名残に滲み出づらむ

深き緋に紅葉の帳《とばり》燃え立ちぬ青竹色の夏抱くまま

枯葉色の葦叢立てる夕闇に金木犀の香焚き瞑《ねむ》る

紅《くれなゐ》に移る涙の下紅葉はかなき夢の色に映へ散る

野分過ぎ小枝散り積む下路に物憂く垂《しだ》る朱の山査子《さんざし》

紅葉なく諸葉散り敷く桜木の幹撫で仰ぐ遠き巻雲

栗色にさやぐ梢に落葉舞ひ瑠璃の空映え秋の日暮るる

蔦紅葉色枯れ枯れに散り落ちて霜に更け行く浅茅生の空

秋雨の滴を散らし沼杉は金茶紅葉を降らしつつ歌ふ

くぬぎには丁子茶の雨さくらぎに紅色の雨秋深き夜半

七五三紅《いろ》懐かしき帯初《ぞ》めに鈴の音《ね》弾み嫗《をうな》微笑《ほほゑ》む

歌人の集ひ円かに時の過ぎ千代ぞと回る菊の盃

住吉の埴使《はにつかひ》赴《ゆ》く畝傍山新嘗祭《にひなめさい》の近き大和路

冬

白餅はふはふは膨れ餡餅はぱっくり割るるオーブンレンジ

水浅黄《みづあさぎ》冬空を飛ぶ白雲のふと舞ひ下り青鷺となる

厳寒の薄日射す野に蒲公英《たんぽぽ》は霜焼け赤きロゼット開く

久方の天霧《あまぎ》る雪の雲間乞ひ辛夷《こぶし》の生毛《うぶげ》春を待つらむ

なだらかに武蔵野の丘雪に臥し黒土《くろつち》円き木々の根を抱く

ささくれしメタセコイヤの幹囲み沼杉淡き夕影に立つ

夕陽《ゆふやう》に寒紅梅は匂ひ立ち川鵜の池に百舌鳥鳴き渡る

影と添ひ鴨の番ひは睦まじく薄氷張る水面に宿る

深更の細波《さざなみ》消ゆる池の面《も》に小雪降り積み死は目見開く

玲瓏と月の輝く天蓋に天狼星は輝き昇る

かきくらしなほ降る雪の掌《てのひら》に消ゆる気配に近き春知る

寒椿紅《かんつばきくれなゐ》匂ふ下影に光和らぐ木漏れ日の午後

春恋ふる河津桜の花房は濃き紅梅に色香を競ふ

鶴居村川霧凍るけあらしに鳴き交ひ乱る丹頂の群れ

寒立馬雪の面《も》を掘り牧草を食みつつ尾振る春まだき朝

流氷の上《へ》に振り返る海豹の円き瞳にアムール遠し

月

夕映への中空を行く薄雲の優しく覆ふ半眼の月

白妙に月の纏へる露霜を糸に織りなす衣借らまし

萬葉の魂宿る椨《たぶ》の木の高き梢に満月昇る

去る我にもっと打ってと呼び掛くる人影見えずただ椨揺れる

お月さまお聞きくださいな夜一夜打つ小鼓を椨といっしょに

白玉の輝きを呑む黒き影そは人の住む悲しき大地

久方の月赤黒く中天に何を恥ぢてか黙し揺蕩《たゆた》ふ

月の人罪を得宿る竹節の光は眩し翁背を伸ぶ

矢衾《やぶすま》を重ね列ぬる竹取の邸に下る月の御車

望月にかぐや送りし世の人と今生くる人いづれ幸ある

原子力電池尽くるも三百年オールトへ飛ぶ探査機ボイジャー

ボイジャーに金のレコード積むといふそに人の世の咎は刻むや

はやぶさ2《に》リュウグウ土産搭載のカプセル分離新たな旅へ

浪兎ははねはね踊る月の夜に海鼠は孤《ひと》り岩間に眠る

旅

東北

せせらぎに津波覆ひし泥濯ぎ獅子頭舞ふ新しき歳

土台のみ残れる街に黙祷し子らの師子舞ふ吹雪のなかを

草木なく海まで続く白き道撥音高く動く七夕

大槌に三歳《とせ》空しく五月雨の盛土の上に海風わたる

九歳《ここのとせ》待てる家居の建ち始め喜びの獅子門々に舞ふ

竹駒の白狐鋭き眼を細め彼方に見守《まも》る陸奥の篁《たかむら》

関東信越

山迫り渡良瀬拓く足利の永遠の学舎を尊氏知るや

古里の島は蓮華野鋤返し田植間近く水鏡澄む

燕飛び白き鷺舞ふ佐渡の田に啄み歩む朱鷺遠く見ゆ

武蔵野を直越《ただ》え来れば蘆枯れの広き水面に赤き嘴《はし》舞ふ

天は裂け海逆巻きて立つ白き道を高麗《こま》王人の渡来せる里

日和田山裾を廻る高麗川の清き川原に曼殊沙華咲く

湖北

余呉湖や賤ケ岳より霧立ちぬ伊吹山冴え比良の嶺幽《かす》か

水清き湖北の村の御仏は千歳微笑みつつ御手を差し伸ぶ

吾妻はや海に沈みし媛《ひめ》しあらば伊吹の神はそを何とせむ

伊《い》太《た》祁《き》曽《そ》は木の祖神《みおや》なる五十猛《いたける》の日前宮《にちぜんぐう》より遷りたまふ地

紀伊

三吉野の路傍の庭に百重なす憂き身堪へつつ浜木綿の古る

義経も熊野に詣でたりしとか鈴木屋敷は藤白王子

緑なす山裾深く鎮まれる朱の鳥居の玉津島宮

翼供山《てんぐやま》青き石積む 階《きざはし》 を木々のしづえに寄りつつ歩む

遥々と空澄み渡り白銀の海面《うなも》に浮かぶ玉津島山

空に満つ眩しき光樟の風南の国にいのち幸《さきは》ふ

暖かき陽だまりに座す老人の影安らかに紀の国の午後

堺港まなざし遠く南蛮の船追ひ凝《こ》りし高田屋嘉平

堺住之江

ひさし髪しだれ桜の黒羽織薄茶小格子小板屋草履

彼は誰《た》ぞ我恋ひ慕ふ人に似る堺の巷紛れ去り行く

三車線轟音響くバイパスの底に埋みし父母《ちちはは》の家

石碑のみ路傍に残り在りし日の店《たな》の賑ひ偲ぶは空し

十二階ホテル隔つる中庭に乙女は遠き潮騒を聴く

住江《すみのえ》の沖つ白波音の絶えきしかた久しあけの玉垣

阿蘇

阿蘇は暮れ薄野原に風の立ち連なる峰に三日月浮かぶ

行き行けど薄の原はそそめけり桔梗埋みて雲霧流る

中国

外つ国の空を埋みて咲き匂ふ真白き梅花ただに眩しき

辺塞の砂塵の村に駒を寄せ楽府に留めし半死の心

人

今もなほ胸の静寂《しじま》に抱《いだ》き寄せ生きてありなむ胸の静寂に

嫁ぎ行く人恋ひ慕ふ空五倍子《うつふし》の雨降る浜を幼き我は

ねえや嫁ぐ

筵敷く土間に屈《こご》まり味噌を擂るみさえさんの背は潮と魚《うを》の香

みさえさん波打ち際に長靴《くつ》を持ち義父《ちち》と網曳く夫《つま》の背を追ふ

過ぎし日は空しく遠く冷えびえと今一度の文は届かず

いかになぜ幼き我を疎まずや戯れ寄れば微笑みし人

水や空水の流れと身のゆくゑ甲斐なきものと眺めしは何時《いつ》

雨垂れに祖父は居眠り昔むかしいい子狸《こだぬき》は早寝早起き

祖父母

黒門に狸がをつての雨の日は酒買ひに来よる木の葉持つての

穴も子もコンクリの道潰しよつた狸はもう来ん雨だけ降るに

少年は寂漠の野を疾走す無為の瞳に朝日影射す

友

木を踏まず歩く獣にウジの罠命を泣かせ人みな生くる

栗を蒔く友慕ふごと五つ三つ鼠《ねず》鳴きしつつ小雀寄り来

学び舎の窓辺に白き牡丹揺れ心澄ましむ師の声遥か

沿道に師と友見守《まも》るデモ隊は磯千鳥亡き黒き海行く

衝突すコンテナ船は軽微損フィッツジェラルド十人死傷

イージス艦海難

喝采は幾万の征矢《そや》光るごと厳《いつく》しき人小癋見《こべしみ》照らす

三千本安打

立ちつくしやがて帽子を取り応《こた》ふ細き面に滲むやさしき

台風上陸

室津冴え寄せつ砕けつ大波は室《むろ》に瞑する空海慕ふ

高き山迸《ほとばし》る水木々を渡る激しき風を楊眞操《やうしんさう》知る

住吉に幣たいまつる荒き波今めきおはす欲しきものあらむ

ささの葉の錨は無益《むやく》揉み拉《しだ》き艫先突き込め橋梁歪む

高潮に沈む関空拠る人の数刻々と五千八千

生白く幹砕けたる水底に柳枝《りうし》広がり逆髪の影

北海道東部地震

厚真町蝦夷松の山崩落し無情に埋《うづ》む人家田畑

薄野はブラックアウト高座なし星鈴なりの函館夜景

昔そう憚《はばか》りボトン俺なんで 停電話《ていでんばなし》 小三治ぽつり

原城にサンタマリアの声は満つ殉教《まるちり》の海天國《はらいそ》の空

潜伏キリシタン関連遺跡世界遺産登録

弾丸で造りし十字架《くるす》メダイ出づおびたたしきは白き人骨

平戸島安満岳《あんまんだけ》を仰ぎつつ棚田に祈る主の村春日《かすが》

黒島や頭ケ島《かしらがしま》の天主堂江守に野首崎津《のくびさきつ》辿らむ

神父《ばあでれ》さまサンタマリアの像はどこ跪き問ふ二人の女《をみな》

オラショ唱へ参ろやな天国《ぱらいそ》へ我が胸の桜は開き散る散る

しばた山その殉教《まるちり》は後の世の助けなるぞや壱岐の月島

己見る覚悟を知るや他を図る寛恕思ふや平和は今も剣の下に

あたらしき時来たる待つ賑はひの世に名乗り出づ殺めたる者

移る時

もの云はぬ市井の隅に山峡《やまかひ》に家守りつつ子を思ふ人

地震《なゐ》に耐へ野分を堪《こら》へ泥に浮かむ無事祈るのみの人の虚しさ

お上まし命交々禍《まが》に逝き戦《いくさ》に散りし魂見守《まも》るなか

父と子と母と娘と継ぎに継ぎ生まるも逝くも日はまた昇る

忘るるな忘るる隙もなきものを昼は終日《ひねもす》夜は夜もすがら

工場見学

やはらかにミクロのセンス秘めし技イノベーションを啓く匠ら

純水のミスト漂ふ盤製造チップを繋ぐハンダ見守《も》る人

香り立つ芝生の広場さんざめき三千集ふ避難訓練

武蔵野に半月光り澄む空へおつかれさまと仰ぎ微笑む

薄明の西空低く寄り添へる長庚《ゆふづつ》ふたご望月を待つ

横田滋さん逝去

雑感

豪傑は両性なれど二度振られ粂寺弾正《くめでらだんじやう》 若衆腰元

歌舞伎にも血の雨降らず人死ぬる刀拭ふに立ちそそと引く

修羅の身に道心たばせ後世給へこの世は夢のごとくに候

大外記の文庫の鍵を母君に戴き兄呼ぶ疾く来《こ》師守

アフロ仏五劫《ごこう》の思惟《しゆい》尊《たつと》しや真如を離れ現形《げぎやう》し給ふ

如是我聞《によぜがもん》舎利子《しやりし》奉じし言の葉に刹那に彼方《かなた》我が色《しき》去るか

橋懸り鋭き運び揚幕を止め見遣りし人知り給ふ

君なくは我が身の上は露芝のあはれ朽ち行く命なりけり

行く歳の名残惜しくも過ぎ行くか流れて遠き人の心と

或はあり或はなしとは幻の己が一人の虚妄を生くる

母

胡瓜食む薄き歯茎に鈍色の瞳見開き母は微笑む

おのづから澄める心は垂乳根の母の背を撫で一人悲しも

母恋へば木々も枯れなむ泣く声に地もとよむらむ素戔嗚やさし

火の神は御親を焼きて生まれたり逝く母の尿《ゆまり》たぐり神生《な》る

葛の葉の風にうらみる夏の日は母恋ひ狐金の尾を振る

樟薫り献花さやけき山中の母の奥つ城クマゼミの守《も》る

帰る地は土佐死ぬる地は土佐ひたすらに母はなにゆゑ

母のあり我一人あり父遠し影消え消えに山萱そよぐ

後ろ指父《てて》なし片は半端もん穢れとる往《い》ね他所もんの子は

父は生く我のすべてに血と息と怨み捩れる母の言葉に

県外の人なくていいつてお母さま怨むつてそれは私のこと

私もし男の子なら父《とう》さまがお育てですつて母さままさか

女子師範嫡出子のみ学びしも戸籍は問はずいまお茶の水

聡明と明晰の女我《ひと》を抱きやさしく諭す母のごとくに

チェホフ読むやさしき秋はいつの間に金木犀に香る母知る

あの方はあなたことを話されたいつも皆に母のごとくに

吹雪の夜今私いる薄野に会ひたいのすぐいらしてねすぐ
わかつたのあなたのことを愛国から幸福ゆきの切符あげる

幸せになつてねきつとあなたのこと 私《わたくし》 みんな知つてるみんな

故郷《ふるさと》は我が住むところ友のあり草木 幸《さきは》 ひ母を偲ぶ地

まくろ

（真黒《まくろ》は兎の名）

竪笛に小首を傾げ大人しく小さき真黒《まくろ》は耳立てて聴く

真黒跳ねはね〳〵迎ふ子らの手に大ばこなずなたんぽぽの花

モルモット真黒大好き電話線局員出張ににこ修理

お仕置きね高き書棚の下覗きいたずら真黒ま直ぐ飛び下る

真黒ほら香水お化粧ペパミント緑のお鼻クンクン走る

少年の社説読む声ひたぶるに円き眼見開き真黒学ぶ日

ピーターって茶毛じゃないけどここにいる読み聞かせ聞く子らの囁き

おじいちゃん真黒を連れて行こうかなベンジャミンの木も一緒にね

母悲し子らの寄り添ふ暗き夜にジョーとおしっこうんちの真黒

真黒逝く初めてクウと鳴きて逝く母子の学期了る見届け

子ら走る真黒抱き締め子ら走る離《か》る魂《たま》を追ひ子ら泣き走る

藻岩山ぼたん雪降る蝦夷松の真黒の墓にぼたん雪降る

能

多武峰《たふのみね》トウトウタラリタラハイランカ白き翁の長《をさ》舞ひ遊ぶ

翁

滝の水絶えずとうたり勝浦の沖行く舟を寿ぎ響く

翁さび弓矢立合おもしろやシテ方三流交々に舞ふ

蓬矢と桑の矢奉げ先づ和泉次で河内とお流れ三献

言祝《ことほ》ぐは天下泰平白き翁五穀豊穣黒き尉

陽《ひ》と土の黒き面はほがらほがら神鈴を振り大地踏み鎮《し》む

雪薺《なずな》麻直垂《ひたたれ》の背に香る忍び伝ふる心の標《しるし》

音を聞かば姿見せむとたばかりの綾の鼓は今もきびらに

綾鼓

風に揺れ広ごる枝に桂木や狂へる老いの恋包むらむ

時空裂け幾世を隔てし魂《たま》の井の水面に映る恋の妄執

井筒

再来の世阿弥てふ人甦りなむ中世からの光のなかに

しもと負ひ葛城山のそま伝ひ雪こそ下れ谷の柴の屋

葛城

柴焚かむ燃えよ真柴よ我が歎き我が苦しみも炎と盡きむ

磐座に這ひ纏はるる蔦葛不動の索《さつく》神を縛ましむ

岩橋の途切れし青き空白く月冴え見守《まも》る雪の香具山

風土記いふ流るる矢をば拾ひ取り軒に挿したり神生む女《をみな》

賀茂

二人舞祇王仏は相国が栄華の影に空しく朽つる

祇王

寄り添へる愛しき人よ恋しき日最期はともに西へ往かなむ

清経

目覚めかし愛欲貪瞋痴《とんじち》無明業《むみやうごふ》眼裡は塵に窄《すぼ》みてもなほ

国つ神イハオシワケの御末なる国栖の御贄は鯎《うぐひ》に根芹

国栖

白狐翔ぶ三條小鍛冶宗近の相槌ちやうと打つ時は今

小鍛冶

石橋《しやくけう》を獅子御したまひ渡りつつ三千世界を文殊は見しか

石橋

白鬚

浪小舟《をぶね》鳰の浦曲を遥々と漁の翁御使迎ふ

曲《くせ》は舞ふ人の命は業廻る八萬壽より減じては十

如来仏陀も生まるるものは人壽生くとか白鬚神の歳は六千

中原に唐つ匠の織るといふ阿弥陀の浄土當麻に祀る

當麻

チャンパには蓮糸紡ぎ艶やかに織りなせる布今に伝はる

高砂

高砂は霞に波の磯がくれ汐の満ち干は音にこそ聞け

住吉と高砂遠く隔つとも相生松と生きむ我妹子

客人《まれびと》よ阿蘇大宮司神かぐらともに上らむ都の春に

大和田原《やまとたばら》世阿弥忌に集ふ村人は居住ひ正し神舞を見る

拾ひたる沓を捧ぐること三度心解けにし古思ほゆ

張良

経正

常なき身隔てつれども生をこそ我はなほ見む形を声を

夢なりと現なりとも君来れ琵琶青山の手向けの庭に

深更の揺らぐ燈火へ嵐呼び修羅の身恥づる経正飛び入る

朝長

青墓に荒み追ひ来る兵は野に朝長の首級奪《ば》ひ去る

道成寺瞋恚《しんに》の炎燃えさかり鐘融滌《ゆうてき》し牡丹花咲く

道成寺

村雲の内より響く声すなりいざやつがへむ重藤の弓

鵺

矢叫びの得たりやをうと黒雲に怒りをなせし鵺射る刹那

現身の悲しき子らに触れもせで中天に叫ぶ鵺の声聴く

羽衣

心なく羽衣を奪《ば》ひ苦を見るや天《あま》の舞乞ふ白龍美《うる》はし

犬王の風姿や偲ぶ顕《うつ》し世に天上の舞しばし留めむ

花筐

花筐抱《いだ》き雁《かり》追ふ古の女《をみな》御幸《みゆき》の御先に狂ふ

二人静

みどり児は由比の浜辺に切られてむ母は繰り寄す静の苧環《おだまき》

君来ませ菜摘の川になごり雪ともに舞はなむ三吉野の春

み熊野へ詣づる英彦《ひこ》の僧迎へ少女《をとめ》は手に舞ふ布留の御剣

布留

飲む水は菊のしたたり青き夜に酔ひに酔ひたり舞ひ舞ふ人は

枕慈童

未だ見ぬ西国行脚須磨の月僧の夢訪ふ汐汲の海女《あま》

松風

経がたくも見ゆるこの世に澄む月の出汐《いでしほ》汲まむ玉藻除けつつ

松島や千賀《ちか》阿漕《あこぎ》浦《うら》二見《ふたみ》灘鳴海《なるみ》鳴尾に響く歌声

汐車月載せいざや帰りなむ憂き身焚くとふ影洩る塩屋

望月に海人の呼ぶ声雁千鳥鶴立ち騒ぐ後の夜嵐

松風は乱るる心村雨は歎きの涙跡とふや君

現には皇子《みこ》抱き舞ふ中納言松の行平夢にだになし

六浦《むつら》の海紅葉すまじとけざやかに青き楓に月冴えわたる

六浦

卯の花の雪散る夜に何とてかお返事なきと兄呼ぶ 弟《おとと》

夜討曾我

あとがき

私の歌へのあこがれは、世阿弥の能にあるような気がします。詩的言語が重層する目くるめく世阿弥の詞章は、私の励ましであり、慰めであり、悦びです。それが今の世の歌、歌詠み、歌人《うたびと》と結びつくきっかけをつくってくださったのは、故嵐義人國學院大學教授です。教授の研究室は、神道学部教授研究室階の一方の入口にありました。ドア以外の廊下に面した壁面一杯に、学生に呼びかける掲示が張り付けてあります。ドアを恐る恐るノックすると、御来客と学務で差し支えがない限り、お許しが出て、掲示の内容ばかりでなく、研究の疑問・方法などについても、懇切にお答えくださるのです。勉強の足りない私は、数えきれないほどのお導きに預かりました。

火曜には、嵐短歌会があります。研究のお話からふと、そのお話になった時、私は思いがけなく心に浮かんだ歌を、教授にお聞きいただきたくて、そのまま声に出しました。さり気なくお知らせくださった日時と場所に伺ったのが、私にとって、今の世の歌人に会えた最初の体験でした。

静謐な謙虚さが親愛に裏付けられた、集いでした。勤務や介護・勉学に目一杯で、たまにしか伺えない私は、題詠二首に適応できず、参加できたその場で、お題の歌を詠みました。教授はある時、丁寧なお手紙をくださいました。やさしい言葉の裏に、私は題詠に対する歌詠みの自負と伝統を感じました。甘えていた自分が恥ずかしくて、足が遠のくと、やさしいお誘いのお葉書が届きます。教授のご配慮・集いの皆さまの優しさは、今の世と歌との結びつきを、私にしっかりと根付かせてくださいました。

教授が亡くなって、嵐短歌会は立ち消えになりました。ご逝去前にくださった短冊が、書棚から、私を今も見守っています。皆さま先生、ありがとうございます。

それからずっと経って、私は題詠に適応できるようなお導きを得ました。そのお集まりは、桜木会です。お茶の水女子大学に連なる方々が多く、冨山房インターナショナル社長坂本喜杏様にご紹介いただいて、参加するようになりました。意欲的に取り組み歌集を編まれる方もおられ、私もお励ましをいただきました。生活に時間の余裕が生まれたこともあって、題詠も少しずつ学びはじめています。桜木会で、さまざまな短歌の会の動向にも、触れるようになりました。ありがとうございます。

世阿弥と歌と、今の世に生きながら、私は揺れ動いています。生き難い世にやまと歌はどこにいくのだろう。私の命はどこにいくのだろう。

森羅万象にある歌。人の心を種として、すべての人がひとし並みにある歌。歌の心に近づいていけたらと願っています。これからもより多くの学びとその悦びに会えますように。出会いとお導きをいただけますように。

白露の空を仰ぎつつ　　　　島村　眞智子

島村眞智子（しまむら　まちこ）
東京都出身。お茶の水女子大学卒。國學院大學大学院博士課程修了。文学博士。桜木会会員。
著書—『能「高砂」にあらわれた文学と宗教のはざま』（冨山房インターナショナル）
論文—「翁　わが内なる世阿弥—能本についての試論と随想」（北星学園女子中学校高等学校研究紀要第３号）、「義教—修羅能の方法と試作」（函館私学研究紀要第20号）、「人待つ心を読む」①②③（『月刊国語教育』vol 25, No 11,12,13）、「熊野御幸の祭儀と舞歌」（『総合芸術としての能』第15号）

生《せい》流《る》転《てん》

島村眞智子　著

令和二年十二月一日　第一刷発行

発行者——坂本喜杏
発行所——㈱冨山房インターナショナル
東京都千代田区神田神保町一-三
電話〇三（三二九一）二五七八　〒一〇一-〇〇五一
印　刷——㈱冨山房インターナショナル
製　本——加藤製本株式会社

ISBN 978-4-86600-087-9　C0092